U0055061

藏花閣

傅詩予 著

進出「藏花閣」的密室

——讀女詩人傅詩予《藏花閣》詩集札記

林煥彰

1.

能有機會作為女詩人傅詩予最新一本、很珍貴的詩集《藏花閣》出版前的第一個讀者，我感到萬分榮幸；因為她的這本詩集收入的六十二首詩，寫的全部都與花有關，而花也是我所喜歡的，我也在大前年不知為什麼，突發奇想的動筆動腦，在大年初二午夜（二〇〇九年一月二十七日一點二十五分）寫下第一首〈給　含羞草姑娘〉的詩，立意要為花寫一百首；之後陸陸續續以花為對象，用六行詩的形式寫了一系列的《給百花的情詩》；可惜，我毅力不足，寫不到五十首，就忙著去寫別的題材了。從自己的這個缺點來說，我首先要敬佩傅詩予，就是她的專注精神和毅力，在一年半的時間裡就完成了這六十二首寫花的好詩，而且每一首都已在國內外的報章和詩刊發表。

2.

《藏花閣》詩集取名太好了，我很喜歡；感覺給讀者有一份私密的神秘感，能讀到這本詩集的讀者，首先會有獲得主人邀請的榮耀；就像一位密友一樣，可以自由進出主人特別允許的私密禁地。

詩是詩人心靈極為私密的一種真實「裸露的表白」；誰說不是呢？讀她的每一首寫花的詩，你不只讀到花的美，更應該讀到作者內心世界的美——情愛的美，智慧的美，靈性的美，神聖的美；詩的美。

我花了一個晚上的時間，很愉快的在濕寒的夜裡，靜靜的讀著每一首詩，彷彿我聽到每一朵花苞張開她們的小嘴，敘說她們獨家的故事；純真優美的聲音，必須是一種虔敬的心靈才可以清楚聆聽得到，那是多麼的榮幸呀！

3.

讀著讀著，每一首都覺得那麼美；美，就是無話可說，不能說；只能靜靜的，你看我我看你，不能有其他的聲音；可是，我還是禁不住的想和別人分享，抄錄其中的一些優美的句子，以及說說其中的一些詩，究竟她們偷偷的告訴了我一些什麼？

4.

紫色卷髮
簇擁成春天的另一種時尚
任西風再妒忌
也吹不散清香

——〈紫色風信子〉節錄

擎緋紅圓傘
日裡夜裡站著
水袖輕拂
為春天演一場霓裳舞曲
回眸甩髮
紛飛的花瓣
是她寫給春天的情書

——〈山櫻花放〉節錄

妳把情人的夢織成花
妳把情人的相思織成葉
只為何兩顆心擁抱的時候
妳渾身的刺都抖擻起來了
愛一定要遍體鱗傷後
才能比翼雙飛嗎

——〈玫瑰二帖之二〉節錄

紅花攀升峭壁頂
望海望鄉
她窯燒的紅霞朵朵開

——〈紅花石蒜〉節錄

嘮叨是海洋的關心　潮起潮落
康乃馨沒有發覺自己的凋零

——〈康乃馨簡訊〉節錄

它戴著京劇臉譜欲演一場三國
霧窗細雨　三色五瓣亂哄哄
它忘了台詞　忘了自己扮演誰
撲臥成一隻熟睡的貓
噬夢而酣飽　爪子上香氣瀰瀰

——〈三色堇〉節錄

番紅花　將明未明中綻放
陽光以冷峻的掌拍落婀娜
呵欠連連的花農只好與晨曦競走
捻起滿袋蕊足
扛生計於千千萬萬的娉婷中

——〈番紅花香〉節錄

我用一首民歌叫醒沉睡的妳
為了追捕妳夢裡流香
我在發光的葉上安靜的夢妳的夢
而妳驚飛如滿地白鴿
紛落初夏濕潤的慾望草坪

——〈茉莉花〉節錄

昨日我坐在白色花房裡
與你一起出遊

你不能飛　跟我一樣
葉劍中你悄悄探出頭
溪水的褶縫裡照見我

——〈野薑花〉節錄

5.

我想說什麼呢?我能說什麼呢?

其實，好的詩都該由詩自己來敘說，不該由我說，我最好就是不說了。只負責抄錄下來就好嘞!

啊!好詩很多，我也不能沒有節制的一直抄錄，但下面的幾首，我還是不能不提，因為那是我最喜歡的;但只能提提題目，要抄就得整首抄，那太佔篇幅，還是請有興趣的讀者，自己讀，千萬不要錯過。如:〈海芋田〉、〈一路吊鐘花〉、〈有關薰衣草〉、〈睡蓮的踢踏舞〉、〈三醉芙蓉〉、〈九重葛〉、〈鳶尾花〉、〈美人蕉〉、〈風鈴草〉、〈茶花〉、〈雞蛋花〉、〈鬼針草〉、〈芒花〉等。

6.

六十二首詩，就是寫六十二種花；作者不僅對花的觀察、認識、投入之深，對人間世故的感悟之獨特與優異的表現，是我所敬佩的。

最後要說的是，作為一個《藏花閣》的第一個讀者，我是充滿感動和感激，萬分榮幸的。

二〇一二年一月三十日九點十九分研究苑

目次

向日葵

向日葵想如果她熱愛的太陽
可以放在口袋裡私藏
那麼她將能主宰陰影的流佈
讓總是奪去她光采的玫瑰花
黯然失色

向日葵想如果她黃色的帽兜
可以裹住青春
那麼青春會在她的花心裡繁殖
不必面膜也不必勤練瑜珈

太陽會隨著她公轉自轉
唉　向日葵追逐著她熱愛的太陽
像套著腳鐐的情婦
在無止盡的白日夢裡
忍著風月的嘲笑
隨著太陽起舞弄妝

二〇〇八年三月二十日作
二〇〇八年八月二十八修訂
二〇〇八年十一月十五日發表於葡萄園詩刊一八〇期

牡丹盆景

荒舍裡　嬌豔一叢牡丹花
澆花的主人笑聲不再
留一盆寂寞
朦朧的嘆息

陽台上　風不停的趕著路
步履搓傷她花瓣清香
烈日咄咄
她無淚的垂倚牆角
吐著最後噓息

噓息如燒剩的冥紙
灰燼中閃過一生最美的夢
夢見百花爛漫的舞台上
她終於奪得后冠
卻叫唐明皇棄在後宮
她的花靨
一瓣
　一瓣瓣
　　掉了……

二〇〇九年一月十九日作
二〇一〇年四月二十七日發表於馬祖日報鄉土文學版
二〇一〇年五月十五日發表於葡萄園詩刊一八六期

桐花落

桐花睡在搖籃裡
吐芽吐葉
她含羞的花苞藏秘密

吐花開花
她白紗遮面想招親
是誰偷摘了花心
迎風旋舞　舞步白氈
氈深似雪　盛開的傘

桐花醉在搖籃裡
膚白羽白
她赧紅的花蕊無嫌猜
是誰碰撞了青春
撞碎了夢　夢中有迷
迷中有果　前生的夢

桐花滾在台階上
香殞香謝
她慘白的花容滿地爬
是誰撕落一樹的心
落塵墜泥　泥中有魂
魂中有信　來世的約

二〇〇九年一月三十日作
二〇〇九年九月十九日發表於世界日報副刊

荷花三弄

夜來她的圓葉上小坐
夜奏流水連音
奏出青蛙
奏出流螢
夜輕拂她閉合如禪的靜
將露珠一串送給她
露珠來她的圓葉上小坐
露珠盈盈眼波滴溜轉
轉出蜂鳥

轉出蜻蜓
露珠含著她半開姿影
此生無怨叫朝陽喚了去

朝陽來她的圓葉上小坐
朝陽拍舞流動光翼
拍醒蓮藕
拍醒蓮蓬
朝陽畫著她全舞蓮步
將荷塘畫成一簾鬧紅

二〇〇九年一月三十一日作
二〇〇九年八月二十四日發表於世界日報副刊

霧中玉蘭花

裹著霧白風衣
霧中帶雨
她搖著淡淡幽香走過來
翹盼有人搖下滿眼的霜
她的笑與淚藏在霧氣裡

最愛塞車時節
車輛噴霧低吼
朵朵含笑的花分秒必爭
在要與不要的唇語間撲向機會

她遞給他霧裡咳出的花瓣一串
掙取所謂生活費
他吻著那串潔白而濕潤的臉
將那纖指般的枚枚花捲
勳章似地別在車窗前

她拎著他的顧惜
繼續穿梭車陣間
綠燈亮啟
遁入霧中

二〇〇九年二月三日作
二〇〇九年六月十五日發表於人間福報副刊

秋海棠之戀

兩大兩小　對生的花瓣
吐著鵝黃花蕊　粉紅的頰
綠葉清風　群放群搖

她來相贈秋海棠
一盆相思　二闕釵頭鳳[1]
萬千斷腸種子　千萬離騷
苞裡猶自吶喊

錯入花轎　十年離索
錯念過客　昨日雨洗花靨
錯摘蓮藕　暮年白髮絲絲纏連

昨夜又在花間嘆息
宿醉的枝葉
隨著她狂草的青春曼舞
蜜汁掌間留香　浥潤的頰
萬縷嫣紅　群綻群飛

二〇〇九年二月十四日作
二〇〇九年八月十五日發表於笠詩刊二七二期

1：指南宋詩人陸游與表妹唐琬的愛情故事。

牽牛花的黃昏

太多的時候我們只能傻笑路旁
捕不到讚美眼神
只能望著麻雀溶於藍天
幻想牠鑽進另一時空
變成鳳凰

我們只有一天可活
等不及回眸　不如毛遂自薦
於是手牽手組成啦啦隊
張開七彩的裙幅

黃昏底下表演管樂間奏
竹籬笆邊　我們攀上至高峰
即使即將隕歿
也要選擇一個最滿意的姿勢
躺成一縷髻兒

二〇〇九年三月七日作
二〇〇九年九月十五日發表於台灣詩學吹鼓吹詩論壇九號

紫色風信子[1]

紫色卷髮
簇擁成春天的另一種時尚
任西風再妒忌
也吹不散清香

清香在園裡遊
隱藏的蚯蚓不禁探頭問：
咿　這是哪一牌香水啊？
蚯蚓興奮地把褐色的泥土
舔了又舔

牠說：

嗯　這才是春天的味道

二〇〇九年三月八日作

二〇〇九年四月二十四日發表於世界日報副刊

1：風信子（Hyacinth），源自希臘美少年雅辛托斯（Hyacinthus）。太陽神阿波羅最至愛的朋友，因而招致西風澤費奴斯（Zephyrus）的施計害死。死時，血泊中開出了此花。

曇花來去

之一

是仲夏夜裡的縱笑
盛一碗白雪
請守更人品嚐

星月也來暢飲
抖擻了瞌睡連連的大地
眾生還在花瓣上摹寫愛戀呢
她的瞳眸卻已失神
黑暗的角落　星月無眠

守更人頭上一朵凋零的白花
隨風而去

之二

是白花女神踐約而來
為失去記憶的韋馱掌燈[1]
當他依舊不識的擦肩而過
她哭泣的心縮合如傘
黑暗的角落
滴盡一生嫵媚

二〇〇九年三月十日作
二〇〇九年七月十九日發表於世界日報副刊

1：相傳曇花和佛祖座下的韋馱尊者有一段哀怨纏綿的故事，所以曇花又叫韋馱花。

山櫻花放

擎緋紅圓傘
日裡夜裡站著
水袖輕拂
為春天演一場霓裳舞曲
回眸甩髮
紛飛的花瓣
是她寫給春天的情書
欲點燃春天的眼瞳
請藍鳥切切朗讀
請風遞送

一遍又一遍
春天卻不言不語
只以光影會心的頷首
那滿園的草木卻不住地抹著額頭說：
「咿，氛圍怎麼越來越ＨＩＧＨ啦？」

二〇〇九年三月十八日作
二〇〇九年十二月十五日發表於笠詩刊二七四期

海芋田

綠浪捲來
一支一支白瓷瓶
忘了自己
正燃著黃色蠟燭打坐
心田潮起潮落
無法禪定

黃色蠟燭吐著心花朵朵
是誰舉著它們山坡聽禪
夢一直搖晃

醒與睡之間
難以淨空

捲來的綺思滴滴打在葉掌上
回音徐徐　流竄鼻息
化作滿耳滿眉的春風

二〇〇九年三月十九日作
二〇〇九年十二月十五日發表於笠詩刊二七四期

屋頂上的金針花

總來不及怒放絢麗的青春
母親一樣的
把色澤最飽滿的
苗條軀體祭出
屋頂上匍匐的金針花啊
為褐黑的屋宇覆上黃澄澄披肩
烈日下　晒夢成干

那日濤聲指路
路盡頭　陽光投下驚嘆號

穿梭的遊子　卸下一身鐵甲
無邪地嬉遊於綠與黃的曲徑間
正是那不經心的抬頭
屋頂上密密的金針花啊
藍天底　燃燒最美的夢

而乾癟了的夢　竟還原於水
煮沸母親的淚後
那一道道佳餚留香人世
於最芳醇的汁液裡
聆聽母與子深情的對話
你我忘憂奔放最美的醉

二〇〇九年四月八日作
二〇〇九年十一月二十五日發表於中華日報副刊

繡球花

她們全都高懸繡球
簇擁起來迎風招親
淡綠初苞　白藍紫紅的小粉萼
一場梅雨之後全都開了

然而她們的情緒不斷變色
二八年華的白仙子想多繞二圈
藍色憂鬱的她等著錯過的那人
迫切想嫁的紅娘子想扔了繡球就算

紫色是萬般蹉跎後顧影自憐的黛玉
起伏不定搖搖擺擺把佳期都錯過了

守著如玉之身彈唱月琴
青山已經等昏了　急出一頭芒花
馱著夕陽的雁鴨不得不離去
戲散了　那掃著滿地嘆息的園丁
從圖畫裡跳出來撕了一頁童話
花下　又是一片黯然

二〇〇九年四月九日作
二〇一〇年三月二十六日修訂
二〇一〇年七月二十一日發表於馬祖日報鄉土文學版

後記：繡球花會因土壤的ＰＨ值而改變花色。

台灣阿嬤[1]

第一次抬眼　周遭是
鎂光燈閃　暖流裊繞
她鵝黃暈紅　紫舌輕吐
粉絲爆出如雷掌聲
鬚瓣微翹　她獻出合蕊柱
望過來　桃紅棗紅粉紅粉
望過去　蘋果綠旁色斑彩條
豔抹也好　淡妝也罷
蝴蝶隻隻拉出一彎弧想
張著圓翅華爾滋出宮廷舞

她們是巨星　為春天剪綵
串串彩蝶化成串串鞭炮
串串香氣霹靂啪啦
霹靂他的眸他的耳鼻口舌啪啦
而我最愛那白蝴蝶
一朵三朵五十五朵……
P. amabilis　台灣阿嬤
互攬腰肢　白練垂地白玉白
她們只想榮歸蘭嶼
再唱濤白雲白蜂擁的白

二〇〇九年四月十九日作
二〇〇九年六月二十五日發表於中華日報副刊

1：台灣阿嬤是台灣原生種白蝴蝶蘭，被發現於蘭嶼。英文學名是Phalaenopsi amabilis var.aphrodite（Reichb. f.）Ames，阿嬤這個名字便是來自amabilis的前兩音節。

天人菊的喟嘆

——試寫百年後的澎湖賭場

二一一〇年　三合院原址羅列旅館
燈紅酒綠的巷口　不絕於耳的篤篤鞋聲
沿上一世紀的滔辯　踉蹌而來
牆角下天人菊嘆了一口氣說：
星星不來散步已很久了
我金黃的圍裙　黯然褪色

心型石滬堆滿許願頑石
堅定的誓詞　還在那兒堵住出口

輪盤驟停的勝負早已讓彼此劈腿
七美人塚旁天人菊低著頭說：
貞節已被一瓣瓣解體
我蕾絲般的舌狀裂緣　讓骰子磨平

珊瑚都成了白色骷髏　墓園裡
不快樂　淚浸溼鮮艷的衣裳
熱帶魚游來游去不快樂
海邊天人菊嗚咽的說：
賭場廢水使海洋不斷升溫
我橘紅的臉龐　滿覆泥漿

朝賭場不夜城而行　新生的綠蠵龜
要奔向大海　卻反向誤入歧途
熾盛的燈光使牠們困惑而亡
山坡上天人菊傷心的說：

我們早已淪為標本　後代即將突變
瞧我一身千年柔毛　漸成刺蝟

推土機剷一匙嘔吐物　餵飽焚化爐
文明的慾望不斷吞噬沙白的記憶
罐罐保特空瓶勝利的到處紮營
沙灘旁天人菊搥心肝的說：
賭客遺留的情緒來不及清理
連我的地盤也已節節敗退

光的背面是毒品最安全的交易所
趁霧氣迷離　法網來不及追追
小島還在狂歡　籌碼還在溜轉
燈塔底天人菊頓足的說：
煙蒂燙傷我的腳已不是第一次
我也是油麻菜籽　黑白都來紋身

是甚麼堵住隙孔
風櫃像一頭噴不出泉水的鯨魚
滿肚子委屈地在海底下巨滾
堤岸邊天人菊哀怨的說：
簽賭的吆喝聲震天價響
只有我留下來聽風櫃拉著悲歌

杜狀節理是火山留下的無字天書
人們也想隨它地老天荒　趁黑鑿石
還說是風的傑作　雨也無辜
石縫中天人菊無奈的說：
都是盛名惹的禍　石破天驚
以後　我的種子也無立足之地了

二一一〇年　燕鷗水鳥都移民多年
錢鰻不來　小管花枝不游
人們錢堆如山　抱墩卻總是撲空
路邊天人菊唉了一聲說：
照海捕魚的人們早已擁入賭城
誰還會理睬我的瘋言瘋語

二〇〇九年五月二十四日作
二〇〇九年十一月六日修訂
此詩獲二〇一〇第十三屆菊島文學獎新詩佳作

玫瑰二帖

之一

一群刺　此起彼伏
不斷窺伺蜂鳥的渴望
蜂鳥渴望再次被刺
那是觸電的感覺
誘牠屢屢撲入花叢

一群刺　埋伏你我途中
不斷以七情六慾

電擊我們深處記憶
生老病死走過
才得見那美麗的陷阱底
困著的人生巨獸

在刺裡　我們尋找春天
情慾的花滴血了
唯愛是解藥

之二

妳把情人的夢織成花
妳把情人的相思織成葉
只為何兩顆心擁抱的時候
妳渾身的刺都抖擻起來了

愛一定要遍體鱗傷後
才能比翼雙飛嗎

妳的影搖曳　妳的影婆娑
不斷地誘弄支頤窗台的我
我是遲遲不敢戀愛的風鈴
叮叮噹噹的自得其樂

二〇〇九年六月十日作
二〇一〇年二月二十七日發表於金門日報副刊

紅花石蒜

紅花攀升峭壁頂
望海望鄉
她窯燒的紅霞朵朵開

望海望鄉
她反捲的龍爪萌心芽
是甚麼牽絆了紅火的舞
暗夜邀舞　舞步紅氈
氈深絮飛　彼岸的傘[1]

紅花搖在山坡上
鬢紅蕊紅
她紅紗蔽月霧迷離
是甚麼揉碎了足下的印
印中有信　信中有夢
夢中有因　迷離的果

紅花落在山徑旁
香殞香謝
她啼血的花絹滿林飛
是甚麼錯開了花葉的魂
花亡葉生　生生的念
魂東魄西　緋紅的憶

二〇〇九年六月十六日作
二〇一〇年一月十二日發表於人間福報副刊

1：彼岸花，紅花石蒜的別名，出自《佛經》——「彼岸花，開一千年，落一千年，花葉永不相見。情不為因果，緣注定生死。」相傳它是黃泉路上引魂之花。此花開於秋天，花落葉生，花葉永不相見。台灣馬祖列島，遍植此花。

康乃馨簡訊

❇

含苞的蓓蕾　是懷孕的母親
劇痛　暗夜裡分娩星月

❇

母親的吻　猶如康乃馨輕拂
我在她的眸子裡　嗅覺花香

❇

母親的歌聲　是花葉窸窣
催眠著頑皮的草叢

❇

郵票裡　她凝視康乃馨
眼底　為全世界燃起一盞燈

❇

嘮叨是海洋的關心　潮起潮落
康乃馨沒有發覺自己的凋零

❇

康乃馨啊　不要轉個不停　能否

和您交換青春　換您一刻心無掛念

❇

雨中　您的蕾絲縫緣墜了下來

試著放下我吧　我不要您看不見自己

❇

光是愛是生命之源　一莖一花

一點露　悄悄將黑夜驅離

*

康乃馨啊　海海人生　我漸行漸遠
您的影子為何還佇立於風景中

*

如果人生不值得一活　不眠的胸花
是唯一必須留下來的理由

二〇〇九年六月二十一日作
二〇一〇年五月十五日發表於葡萄園詩刊一八六期

三色堇[1]

它戴著京劇臉譜欲演一場三國
霧窗細雨　三色五瓣亂哄哄
它忘了台詞　忘了自己扮演誰
撲臥成一隻熟睡的貓
噬夢而酣飽　爪子上香氣瀰瀰

張開雙耳愛聽蜜蜂嗡嗡細語
愛對風兒扮鬼臉
愛戴小丑面具娛樂過客

聚在那裡的是打翻水彩的淘氣鬼
正在彼此的臉頰上畫鬍子呢

是被維納斯女神嫉妒的火燄灼傷
亦是天使的容顏拓印花上
三次親吻也好　三次鞭打也罷
幸福的花海澎湃洶湧
那是場無法阻止的邂逅

春天來時　它興奮的跑龍套
園前一笑　掀起高潮
那朵朵擠眉弄眼的小諧星
全都衝進我惺忪的眸底
引來一陣噴嚏——哈～啾！

二〇〇九年六月二十三日作

二〇一〇年三月二十六日發表於世界日報副刊

1：三色堇，傳說因獲衆天神的讚賞，遭美神維納斯嫉妒，因而被鞭打。瘀傷處，沁出三色。又傳說是天神欲留愛人間，故親吻白堇花三次而呈三色，使世界遍開此花，見者能沾喜樂。

番紅花香

三株紅蕊柱頭抖顫著秋涼
我在淡紫色的遐想裡匍匐
美食　財富與愛情
為此花中美鑽
有人捉她春天出生的姊妹[1]
卻瞞不過秋神的味蕾

番紅花　將明未明中綻放
陽光以冷峻的掌拍落婀娜
呵欠連連的花農只好與晨曦競走

捻起滿袋蕊足
扛生計於千千萬萬的娉婷中

點食成精　番紅花
龍蝦海鮮濃湯　湯汁黃橙橙
撥天籟和弦　飲地氣靈汁
虛無縹緲的港邊相對默坐
一匙情濃　朵朵遺骸凝於碗底
愛即溶於紅粉撲鼻的漩渦內
支支吾吾表白
點石成金　番紅花
愛在別後的吻痕裡泛著奇香

二〇〇九年六月二十九日作
二〇一〇年十月一日發表於乾坤詩刊第五六期

1：番紅花（Saffron Crocus），秋末開花，有三株紅蕊柱頭，常被誤認成一種春天的小紫花（Spring Crocus）。兩者香味、價值迥然不同。雌蕊脫水乾燥後製成香料，乃世上最貴的食用香料。柱頭類胡蘿蔔素染料，使所有沾染它的東西都泛黃金色，可用來將食材染色。

茉莉花

我用一首民歌叫醒沉睡的妳
為了追捕妳夢裡流香
我在發光的葉上安靜的夢妳的夢
而妳驚飛如滿地白鴿
紛落初夏濕潤的慾望草坪
我曾踱蹀那條寂寞的小巷
只因妳在圍牆內漫著芬芳
襲我以如雪的熱情

牆裡牆外
沒有人知道妳在我心裡
綻放過令人窒息的潔白

所有的都已褪色　只有妳
二十年後　一個異國黃昏
喚醒我年輕的恍惚
浮香掠過
那躲在枝椏間的小眼睛呵
眨著我的華年
給我又一次痙攣的回憶

所有的一切都已褪色　只有妳
二十年後　一個異國清晨
暗香遊過　蕾裡瓣裡苞裡
一個個即將孵化的夢

圓實一如珍珠
滾動著每一段不可復得的青春盈盈

二〇〇九年六月三十日作
二〇一〇年二月九日發表於世界日報副刊

野薑花

昨日我坐在白色花房裡
與你一起出遊
你不能飛　跟我一樣
葉劍中你悄悄探出頭
溪水的褶縫裡照見我

順著水渦　我們潛入深宮
順著光　我看見你立在岸邊
你的心在我這裡
我們在時光水域裡躺成一片雲

你一直坐在那兒聆聽我
我載沉載浮
就怕消失在你的夢中
於是化身為一朵不會飛的蝴蝶
那麼貼近你　我們共生死

二〇〇九年九月二十一日作
二〇一〇年三月三十日修訂
二〇一〇年五月四日發表於中華日報副刊

紅花朱槿

風知道花蕾的味道
夏之津渡　我畫筆白描
一下午風來相鬧
只為妳的花絲管好時髦
點著金屑頭上飄
妳欲乘風揮翼
卻甩不去情繫妳的枝椏
微風酡紅　挺著五叉蕊柱
妳喚醒庭院　把暗處照亮

花擺盪　妳纏綿抽長
葉擺盪　織綠籬將等待衣裝

我想要追捕妳青春餤火
奈何妳朝開暮謝　不及捉住妳
日落前　風雲在馳掣　妳無聲綻放
日落後　心情很蒼涼　無人可對唱

我想要追捕妳青春餘火
延著秋深小徑　我一直走一直走
遍尋不著妳的五瓣榮華
只能生氣的跺步
循記憶的噓息狂草這幅田野

二〇〇九年十月四日作
二〇一〇年三月二十四日發表於金門日報副刊

啊，波斯菊

於是我矇住雙眼　讓花海
自深井中漫起巨濤
像一萬隻手伸進天空
細長的莖葉　托著花盤
旋轉　旋轉轉　轉進秋深古城
雲飛葉落　我踩入你的夢

你一直回頭望我　像窺伺的貓
我無視於你　把笑容藏在心裡
一如走過波斯菊　假裝不喜歡

我說它單薄　羞澀　處處留情
你說它原地開落　生生不息

就像塵埃狂捲　種子飛揚時
你說快睜開眼吧
到處都是美麗的蝴蝶
於是我一腳踩入你的陷阱——

睜開眼　一萬朵呼喚
熊熊地燒亮我們的愛情

二〇〇九年十月五日作
二〇〇九年十二月十日發表於世界日報副刊

孤挺不孤

她撿來顆大洋蔥
洗洗剝剝不對味
信手扔進花圃中

春天抽芽持綠劍
東看西看真奇怪
先不鏟它看究竟

待到中空莖幹直
六胎花苞齊出鞘

唉呀我的媽
原來是大名鼎鼎孤挺花

孤挺花　喇叭花
豔紅桃紅混紅橙
硬頸鑽出百花壇
挺立自信人人誇

孤挺花　朱頂紅
花比掌大怒放濃
待到花落情事了
結果留種翼千層

來春又來裂土地
一早喇叭響不停

唉呀我的媽
它真是攜家帶眷搶風光

二〇〇九年十月七日作
二〇一〇年一月一日發表於乾坤詩刊第五三期

一路吊鐘花

我們將重逢
在枝梢下垂的小徑
我們再不會錯肩而過
在最早最早的春日裡
延著花瀑我將要遇見你

兩旁是繫著鈴鐺的跳舞花
更像是聖誕燈炮一路閃到天涯
為了找回我　軟香輕紅滲入
與往事撞上滿懷的杯盞間

我輕輕啜飲　我一乾而盡
為了找回你　花梗上的春天
以紅被　以紫裙　以細足
將你徘徊的影子絆倒
鐐銬我在這飛紅輕噪的山徑邊
披星戴月後我們將回到原點

當所有的小燈籠都亮起
像億萬年前的鐘聲響自岫谷
我會看見你站在眼前
就像從來沒有離開過
原來你一直在那兒等我

二〇〇九年十月十四日作
二〇一〇年五月二十五日發表於世界日報副刊

仙人掌

汗水悄然凝結　順著針芒
鼓脹根部的蓄水池
時間溺斃於沙漠的夜晚
你優雅地放牧風沙
親愛的仙人掌
若我是你
早已在寂寞中曬成碑
而你漫步於乾冷的星輝
依然匯集雲霧
盎然地開出豪放的英雄之花

遠離整座城市的紛嚷
你自由地享受月世界的原始
偶爾駱駝會來相伴
共同反芻商旅外的閒暇
親愛的仙人掌
沙嗚嗚咽的灰濛裡
你摀著臉抵禦塵暴的虎威
從不撤退
仍是默默挺著背　靜待甘露
毅然地怒放著斑斕的意志之華

二〇〇九年十月十六日作
二〇一〇年八月二十一日發表於金門日報副刊

凌波水仙

你說過
說過要陪我去看水仙
一朵一朵我們慢慢數
一朵一朵浪花我們慢慢撿
你的話
一句一句寫在記事本裡
沒有時間沒有地點
小水仙花繫著黃色帽兜在等待
小水仙花持著黃色金盞在等待
等你實現一句一句真純的諾言

你是否
是否說過要陪我去看水仙
水之湄我們牽手慢慢談
水之湄我們挽臂涉過暮年
你的眸
起舞著無涯無際的水仙花
我一句一句寫在心坎
一句一句寫在婚宴的禮簿上
小小水仙花不知白過多少回
小小水仙花是那麼萬般無奈啊

冬季之初你買來一株水仙花
你說水仙只要有水你只要有我
插在花台裡襯以流泉瀑布
一樣亭亭玉立一樣山高水長

嘿　這就是你的諾言嗎

二〇〇九年十月十六日作

二〇一〇年三月三日發表於世界日報副刊

雞冠花鬧花叢

自從有了公雞
小雞冠花
你再也不能是自己了
旭日東昇　你的紅冠更濃
真像是躲在草叢裡的公雞
正咯咯地咯咯
展開生命中第一次追踪

你是靜的公雞
公雞是動的你

當牠睥睨地瞧著你
你不也挺胸抬頭地瞪著牠
你是公雞的影子
公雞是你的鏡子
抖抖滿身肥碩的葉子
牠也展開翅膀撲撲颼響
你們互相比劃了一上午
真是閒來無事太平年

當老太太唱起：
「草螟弄雞公　雞公披搏跳」
你也舞動腰肢迎風忸怩
老農夫放下鋤頭好奇地看究竟
他不禁大聲地吆喝說：
「原來不是草螟弄雞公

是雞冠花逗公雞

公雞持著雞毛撢子鬧花叢」

二〇〇九年十月十八日作

二〇一〇年四月二十二日發表於金門日報副刊

我就是天堂鳥[1]

心在爆裂　如電光霹靂
他狼嘯地撕傷天堂鳥的蕉葉
天堂鳥顫抖地別過臉去

曾經橙色光芒照亮死寂的花園
曾經我們以愛栓住她藍色花蕊
她掌著綠紫的船划著光陰慢慢划

而今我親愛的總是懷疑天堂鳥
花苞裡藏著的斑斕鳥冠會伺機謀殺

他以目光將她拘禁在回音不斷的古城堡
他剝開她　像啃花生米一樣地噴火
階梯上喃喃自語　坐望茫茫的遠方
我親愛的　總是不斷斜睨天堂鳥
他揀拾天堂鳥唇邊落下的指紋
來回地踱步來回的沉思
他微笑時好像揭發了陰謀

他忘記他曾是瀟灑少年
船型帽上的翎毛就像天堂鳥的幡羽
吸引少女情竇初開　他忘記
我們曾在天堂鳥的鳶尾下曬太陽
彈琴唱歌討論題旨恢宏的大業
他忘記他曾是狩獵高手
踢著風的小肚　就像天堂鳥蹬著鞍
切入綠寶石森林　在時空裡來回

如今他是脫韁狂馬
花圃裡踏踐花影不斷地呼風喚雨
有時他模仿天堂鳥挺腰騰空的姿勢
不說話他鎮日不說話　他比石頭還安靜

夜幕低垂時　他忽然大喝天下：
「我就是那天堂鳥　快打開籠子
別讓我腳下的影子抓住我！」

二〇〇九年十月十九日作
二〇一〇年十一月十七日發表於金門日報副刊
二〇一一年二月十五日發表於葡萄園詩刊一八九期

1：天堂鳥，學名Strelitzia reginae，原產於非洲南部好望角的野花。因十八世紀英皇GeorgeIII的皇后Charlotte喜愛此花，引進者便以她的故鄉，Mecklenburg-Strelitz，來命名此花。（見電影The Madness of King George, directed by Nicholas Hytner, 1994）

有關薰衣草

一・精油

芳香濃郁的一滴青春
沿著肌膚的山林緩緩滑雪
反覆地潤滑記憶

二・香水

瓶裡逸出的隱形仙子
安撫空氣的頹廢

像一首老歌
顫動著鼻子的鄉愁

三・香包

蓄著昨日情緒
日記一樣的保留馨香
即使置於衣櫃暗角
依然是午夜裡的一場花語
讓壁虎恍神的幽幽呼喚

四・乾燥花

愛情標本
插在青花瓷裡

不斷腐化的時空裡
反射紫藍的永恆

五．蜂蜜

花的水澤裡
攜回一萬顆情種
蜜糖的倒影中
有新釀的良辰美景
塗在乾渴的吐司上
緩緩嚥下沒有雜質的童話

六．枕頭

意識與潛意識間遊蕩
薰迷的花香底

豁然看見初戀的愛人
長長的對談之後
結局改變了
軟軟的崗巒上
重寫青梅竹馬的傳說

七・花茶

夢溶解於水
伸開七情的枝葉
沿途逸出深谷紫霧
反覆浮現
曾對飲的瞬間

二〇〇九年十一月三日作
二〇一〇年十二月五日發表於中華日報副刊

睡蓮的踢踏舞

水面上安靜的蠟燭水底下　踢踢踏踏踢踢踏
如此嫻靜花心不移在睡眠中不自覺　踢踢踏
端坐凝視不說話足趾踢踏青春燄火　踢踢踏
有光在水面搖有夢在綠藻底　前踢踏後踢踏
紙葉上盛滿月華魚兒嚼著　踢踢踏踏踢踢踏

紫色蓬蓬裙摟著燦燦金光慵懶回眸　踢踢踏
在池中央揉緩了急躁空氣鏗鏘跌落　踢踢踏
圓葉遮藏了裸足　向前踢踏向後踢踏跟踢踏
偶然的落雨　左右旋迴前刷後刷愛彈跳踢踏
雲淡風清莫內的睡蓮池中是否聽見　踢踢踏

摩天大樓倒影裡華麗轉身　踢踢踏踏踢踢踏
白雲旋轉人世不停的變換穿越黑洞　踢踢踏
一群睡蓮潛入時光吻醒你沉睡千年　踢踢踏
汲汲涉過走馬燈舞台快來這　前踢踏後踢踏
讓會議室熄火開窗隨風鈴　踢踢踏踏踢踢踏

鳥撲翅而過濺起交錯光影　踢踢踏踏踢踢踏
花和葉一些水面上的留言悄然抹去　踢踢踏
那些個竄入襟袂的秋寒腐蝕著鬧意　踢踢踏
淚滴落冥想的水面上　前踢踏後踢踏踢踢踏
閉目追索浮萍輕曳波紋裡看見一生　踢踢踏

二〇〇九年十一月九日作
二〇一〇年一月二十三日發表於中華日報副刊

三醉芙蓉

晨露的微冷中
知更鳥親暱的道早安
妳倦於一些例行的報告
假裝沉睡
蜂鳥急著啄開妳
替妳穿上白紗
妳的夢還來不及摺疊
就搖盪在
秋深的落葉林
風的追逐中

彷彿燕鷗在跌宕的氣流裡滑翔
妳的名字是心靈饑渴的五糧
遊客慕名而來
踩響平凡的渡口
妳把山前佔滿
更佔滿山後小溪流

午後妳想起一則愛情故事
暈漬而開的粉紅
悄悄寫在情荳初綻
遲疑恍惚的少女臉頰
遊客湧進來了妳配合地回眸作秀

狗仔隊為了跟拍妳芳心的小秘密
埋伏於草叢底正留意的窺視著
「為何她一日三變啊？」

待發的新聞稿擱在黃昏腳下
妳兀自轉成豔紅的寫真集
沒有人看見微風是如何
擁吻妳豐滿情思
一抹哀怨緩緩落入
湖底樹底葉底鞋跟底
我悄悄拾起那些流言
向遙遠的天邊擲去……

二〇〇九年十一月十六日作
二〇一〇年一月二十七日發表於金門日報副刊

1：芙蓉花色隨溫度升高一日三變，有「三醉芙蓉」之稱。

炮竹紅

那是他　炮竹仗中頂著桂冠而來
他捧著無數為春天寫的小紙捲
在汩汩流動的光陰裡細心展開朗讀
彩聲早已鋪滿街頭巷尾了
眾裡　他聽得見我的掌聲嗎

他是否聽見我為他燃放的春天
是我一直是我　為他修剪樊籬
他是否知道　是我一直是我
眾裡　望著他翩然而來

痛徹心扉的翻開記憶
在覆滿白髮的今天與他四目交會
似曾相識的回頭中又再次錯肩而過
他不知道　是我一直是我
等在路旁默默迎送
等到枝垂花事了
炮竹紅過的餘音裡　他聽不見
是我一直是我
掃著滿地炮竹紅潸然淚下
我是不敢相認他的　他前世的妻
今生要為他吹著管號一路吹到天涯

二〇〇九年十一月十六日作
二〇一〇年二月二十四日發表於人間福報副刊

九重葛

染黃了竹籬笆
爬紫了相思樹
替阿勃勒戴上了紅假髮
向陽處喋喋不休的說我愛你
總與路過的飛鳥糾葛不清

重重疊疊　莫不是想攀上白雲
九重天外一起稱霸
將再版了又再版的花苞撒滿人世
每日強迫我窗前閱讀

直到深沉的無意識也開滿花
這時我便是他予取予求的情婦
在他帶刺的莖幹裡
醒不過來

二〇〇九年十一月十七日作
二〇一〇年七月十六日發表於世界日報副刊

石榴花

月光下一朵朵火炬
燒破夜的羅帳

不斷篩落的光影
是時光輕拾她的紅蓬裙
旋舞　在如許安靜的星空
不曾停止　思慕的葉忘情地
搖撼　那單薄的青春

而愛情結成碩果
多子多孫與多情多意
終究是同義字
抑或相反詞

口中鮮紅的石榴汁
靜靜的夜裡
祭悼　結果之前的濃烈

二〇〇九年十一月十八日作
二〇一〇年五月二十五日發表於金門日報副刊

鬱金香

讓杯盞盈滿春天之酒香
讓唇菱俯吻瞑默的土地
紅紫藍白　又橘又黃的花海
正漾著天堂的光
旋律澎湃　像一首詩
一首草坪上噴湧的滂沱花語

永遠數不完的韻腳
地平線上抑揚頓挫
在她恬靜的花容邊躺下

我們深深吸氣
讓五臟六腑吐出鬱鬱之結
心靈如柔風輕撫河水

雖花期短暫
卻在春寒的外衣上留下芬芳
發熱轉化成絢麗典雅的希望之花
振奮飛舞
使每一個明天濃郁飽滿
如待放的蓓蕾

二〇〇九年十一月十九日作
二〇一〇年七月二十日修改
二〇一〇年七月六日發表於馬祖日報鄉土文學版

鳶尾花

鳶尾花凋謝的黃昏
我守著紫藍色的回憶
繼續澆水灌溉
為了來春的芽找條捷徑
在琥珀色的土壤裡
清除似有還無的雜緒

我想起紫藍花苞裡包藏的誓言
故事開始　吸引我的總是我那
重來不曾長大的天真

因為我一直相信夢會開花
因此在她紫藍帶斑黃的衣袖裡
等待彩虹自花心抽長升空[1]
當三瓣向下垂翼　三瓣向上微翹
我一直相信那震驚梵谷的名畫[2]
將會超越時空豐腴我荒瘠的想像阡陌

於是　她來了　躡手躡腳地開滿庭院
陽光在她的翅膀上暈漬徘徊
風在她的鳶尾上穿梭遊戲
我在細雨後的微塵裡遇見彩虹

鳶尾花零落而去的傍晚
我固執地葬花填土
直至蝙蝠颳起了野風
紫霞燃盡落日的愛

我才依依不捨地合上書本
石階上試著揣摩她的續集

二〇〇九年十一月二十日作
二〇一〇年四月一日發表於秋水詩刊第一四五期

1：鳶尾花，學名Iris，就是希臘神話中彩虹女神（Iris）的名字，為希臘文「彩虹」之意。
2：梵谷Van Gogh，一八八九年完成油彩名畫鳶尾花。

美人蕉

郎騎竹馬來，遶床弄青梅。

——李白〈長干行〉

春風拍拂美人蕉
兩個孩子在葉扇下抓毛毛蟲
一起剝開綠殼　彈美人蕉種子
他們一起盪秋千一起跳格子
長到和美人蕉一樣高時
她總是在街角處
和美人蕉一樣赧紅的轉了身

原來情慾也會跟著長大
他在美人蕉的花鞘裡偷瞄她
從此他知道甚麼叫輾轉難眠

他疑惑為甚麼美人蕉從不長香蕉
他在褐紅的莖幹邊許願
卻仍然不敢輕咬那硬如龍眼殼的種子

她穿著高跟鞋　衣鬢掠過美人蕉
她高傲地從不再回頭看他一眼
卻總在小小梳妝盒的鏡子裡偷覷他
原來情慾長大以後如許糾結難纏
不如關掉所有銀幕所有媒體

重回藍色珊瑚礁
再養一株美人蕉

「為什麼你總不讓我？」
「妳恰北北，以後誰敢娶妳！」
他們在美人蕉的餘蔭裡坐看花影
聽見幼時經常的口角繚繞空中
相視一笑地牽手追捕
蟄伏於美人蕉下的青澀陽光

二〇〇九年十一月二十三日作
二〇一〇年四月十一日發表於更生日報副刊

風鈴草

為了守望相助
風鈴草把門鈴都連成一氣
蜂鳥來搖鈴
搖出滿園開門聲

但牠只要那一朵紫色小風鈴
牠只要那一聲清脆耳語
喔！牠可是弱水三千只取一瓢

奈何每一瓢都一模樣
情書如何投遞
牠這裡試試　那裡按按
所有風鈴竟一起吶喊：
小心啊　別理那風流種子

二〇〇九年十一月二十六日作
二〇一〇年五月十二日發表於馬祖日報鄉土文學版

杜鵑花

杜鵑花搖醒了春天
搖響了滿山滿林的鞋履聲

一夜雨霧浸潤之後
她花瓣上的雀斑更迷人了
傳說那是有人吐血相濺
我寧相信那是她幸運的胎記
好讓春天在眾女兒中
一眼認出她

她是春天的小女兒
就愛穿著裙子登山健行
不怕那狂風吹嗎

二〇〇九年十一月二十六日作
二〇一〇年四月二十三日發表於聯合報副刊

茶花

當愛情是盛開的紅山茶
瑪格麗特　波波火燄延燒時空
你們在花房內捕捉金燦陽光
而愛情有時是牛奶白茶花是雲朵
是天鵝　你們在湖心天上徜徉

自從有了愛情
妳的日子飽滿如花苞
有時妳是金絲雀黃絨絨
枝梗間蹦蹦跳跳

有時妳是粉紅少女
嫣然一笑
把滿園料峭給彈破了

舞台上妳輪流換裝
他久久才回過神來
穿甚麼最美
他已經沒有主張了
只見幾隻蜜蜂花間追逐
冠軍誰屬　就問牠們吧

哼出一組組音符
朵朵山茶提著蓬蓬裙緩緩滑步
整座花園隨你們起舞
起舞　重重圓瓣澎湃騰起

你們將影子植入花叢
開出燦爛的心花朵朵

入春以來你們醺醉著
卻擋不住風雨來襲
世人別過臉去
瑪格麗特　妳凋零的花瓣
隨著他懺悔的熱淚滾滿人世
隨著每一場高音騷動著離人的夢

二〇〇九年十一月二十六日作
二〇一〇年三月三十日修訂
二〇一〇年十月十五日發表於笠詩刊二七九期

後記：瑪格麗特（Marguerite Gautier）乃法國小仲馬名劇《茶花女》（The Lady of the Camellias）之女主角。她酷愛茶花，原為巴黎名妓，後因愛情向上，但終因出身煙樓，幾經波折後失去愛情，最後香消玉殞。

桂花

於是順手抓起一把香　絲絲縷縷
鬱鬱蔥蔥　一粒粒淡黃色的桂花
密密麻麻的吊在枝頭

於是順手拆開一封信　豆豆點點
甜甜蜜蜜　一朵朵細膩的情花
氤氤氳氳的浮在箋上

於是順手吃了一塊糕　清清爽爽
潤潤滑滑　一口口帝王的佳餚

香香黏黏的繞在舌齒間
於是順手喝了一口茶　淡淡幽幽
甘甘醇醇　一杯杯澄澈的湯水
芬芬芳芳的滲入咽喉

於是我們在它濃密的綠髮間
翻找那噴著香水的泉眼
重重疊疊　尋尋覓覓
踏青歸來　絕塵的桂花雨
在我心之陋巷　下啊下不停

二〇〇九年十一月二十七日作
二〇一〇年十一月二十六日修改
二〇一〇年十二月二十二日國語日報少年文藝版

百合花

我們醒著　繫著緞帶
幸福　如蘋果豐腴而圓熟
賀客接踵而至　我們在盆裡
望著一對新人剛喝完交杯酒
彩炮的碎屑四處飄揚
乾杯　再乾杯　為了能如期完婚
他們吞下愛情果
從此失去了自由
仍然不悔的說我願意
愛情　多麼可怕的魔咒啊

牽手衝刺二壘三壘全壘打
你準備好了嗎
夕陽很美　黑暗更美
黑暗中愛人的眼睛是星星
天亮了　星星不見了
你準備好了嗎

我們笑著　透明而潔白
為了見證每一場婚禮
我們總是盛裝羅列在旁
綠葉螺旋盤生
托著我們好比森林撐住雲朵
問題學家愛談離婚率與出生率
我們的想像朝同一個方向飛去

藝術家只要剎那間的永恆
我們的臉跟著風跟著光轉回來

執子之手　與子偕老
你準備好了嗎
分享身體很棒　分享生命更棒
分享中不覺得人世漫長
蜜月結束了　開始煮飯吵架了
你準備好了嗎

一聲聲「I do! I do!」
將婚禮推至高潮
我們吹口哨跟著起立鼓掌
愛情　多麼可怕的魔咒啊
打破兩個圓重塑一個圓
調和血淚心心相印

雙贏百年好合
一聲聲「I do! I do!」
你真的準備好了嗎

二〇〇九年十一月三十日作
二〇一〇年四月三十日發表於更生日報副刊

粉撲花

是誰將粉撲掛上梢頭
成束的花絲替綠葉撲上腮紅
這兒撲撲　那兒撲撲
遮住了一身褐黃老皮
竟使乾涸的歲月也開滿花

就像是一群仕女持扇歌舞
此起彼伏挑起眉尖上的期待
這兒撲撲　那兒撲撲
粉紅熱浪　八方輻射
抹去光陰的額紋

擦掉芒尖上的傷感
她紅撲撲的鼓著脂粉
這兒撲撲　那兒撲撲
風裡谷裡山裡庭院裡
竟使心灰的土地又生春風

她是林間最熱心的化妝師
毛絨絨的搔癢我的耳頰
僅是這兒撲撲　那兒撲撲地
揭開了令人臉紅的回憶……

回頭　她已隨落日合上粉撲
留下我怔怔地自行補妝

二〇〇九年十二月三日作
二〇一〇年六月二十九日發表於中華日報副刊

日日春

日日春旋捲的蓓蕾扭扭身
旋出一張張花扇
謙卑地為百花送來款款涼風
又邀約陽光來指導有氧舞蹈
你瞧她們一浪一浪地浮溢微笑
水泥縫或者陰溝裡
鄉間小路或者防風林邊
日日春不能停止的開花

只不過她花心洞眼裡藏著甚麼
我禁不住地眯眼探究竟
呵　那是眩目的萬花筒
波濤著生命密碼
蜜蜂知道蝴蝶知道我也知道

二〇〇九年十二月三日作
二〇一〇年五月十三日發表於世界日報副刊

火鶴花

點一盞蠟燭　午夜起來漫遊
著鮮紅斗篷　唰唰地抖顫枝葉
有人尋聲探問
竟是少年無端的引頸夢囈
翻滾不停的空虛嚼盡了
囁嚅不安的每個夜晚
蛻變的軀殼　汲星月正待破繭
清晨　他在佛燄苞裡閉目打坐
卻嗅見隔壁的桃花香

他心不在焉的漾起一個微笑
影子滑落水面
映照貼滿桃花的漣漪裡
一對鴛鴦啄水而過
火鶴花悠悠嘆氣
師父搖頭不言只是滅了油燈

二〇〇九年十二月四日作
二〇一〇年三月十六日發表於中華日報副刊

含羞草

小小含羞草　請不要忙著躲藏
我不是調戲的蜂蝶
也不是忙著科學報告的小學童
我只是戀著你的照相機

就只會這樣靜靜望著
而你依舊忸怩地
不讓一朵朵胭脂毛球
恣意接受風的膜拜
春風中僅聞人語響

又急急摺合羽扇
蜷曲地躺成靜物

每晨　我採擷你的影子
暗室裡沖洗你的足跡
每夕　我剪輯你的怯怯回眸
端詳你在雨中的悸動
呵　那顫抖的竟像是戀的最初
秋光中僅聞台階響
又急急關起心窗
羞赧中睡成千頃驚濤

唯我了解你悵惘心事
小小含羞草　請不要急著拒絕

二〇〇九年十二月十日作
二〇一〇年十月十三日發表於中華日報副刊

滿天星

隱身於玫瑰背後
棉絮般地搓出愛的滾邊
那朦朧的細豆
一點一點霧白了錐心的刺
你莫大膽深入
情的幻影中藏著鋒利的刃
像朵朵白雲繚繞康乃馨
像小綿羊一樣地偎著母親
枝頭集結的是書簡成群

是流浪的兒女捎來的信
一球球綁在康乃馨的髮上
你且留意
那是母親最愛的簪

你莫輕視她的莞爾一笑
百花壇上她輕揮魔棒
這裡那裡一聚一散的星芒
正用裊裊的馨香織出銀河滿天
正拱著搖搖欲墜的年華
輕輕地滑進時光雪域
你莫大意

二〇〇九年十二月十日作
二〇一〇年七月二日發表於馬祖日報鄉土文學版

迎春花

總是第一個搶灘上岸
著黃色輕裝奔來
枝枒裡擠出的朵朵微笑
溪畔垂釣春天

煥發的容顏呵暖水流
她看見自己瀉下的倒影
漂浮水面　幽幽唱著「望春風」

看哪　她的浮標已在游動了……

她釣到鳥兒的嚶嚶細語
釣到人們的盈盈秋波
釣到鳳蝶的繾綣不離
唯有春天不上鉤

她不知道春天不住在水裡
春天早已踱上山崗
接受百家千幡的膜拜

二〇一〇年三月八日作
二〇一〇年五月四日發表於中華日報副刊

後記：〈望春風〉乃一首台灣閩南語歌謠，歌中充滿思慕與期待。

木棉落

那些滿地橙紅的臉
依舊仰首望著藍天
她們不知風雨無情
還留下一袋袋溫熱的夢
爆裂出綿綿火種

春天　她站在高高樹上
一朵朵肩並肩
年輕了枯褐枝椏

她們在熱戀中
看不見自己

二〇一〇年三月二十二日作
二〇一〇年五月二十五日發表於金門日報副刊

龍吐珠

躲了許久了
偃臥在乳白色的燈籠裡
不想與百花爭妍
直到初夏才睡醒
芝麻開門　一顆紅豔珠子
精力充沛地挺身一舉
光芒四射使已闌珊了的春意
頓時如火龍噴著赤燄

就像那蟄伏泥土的小蟬
一朝爬回樹身
放開嗓子對著明亮的天空嘶吼
欣然的陽光下
醒著不世的抱負
吐出驚人的花田傳奇

二〇一〇年三月二十八日作
二〇一〇年七月二十六日發表於自由時報副刊

聖誕紅

不能再曬了　請蓋我以黑幕
我將在斗篷裡運轉乾坤
毛筆蘸著幸運
去潑去灑　用紅墨水
在秋深草木噤啞的雨夜裡
演繹聖誕老人的詩篇

魔術師自斗篷裡抓出了一盞紅
紅似火的苞葉裡藏著我的小花壺
正汩汩流著甜甜的蜜汁

在沉沉寂寂的冬日裡糖著賞花人
去燃去燒去破開十二月的陰霾
讓心葉勃發　開出雪中一隊紅

二〇一〇年三月二十九日作
二〇一〇年十二月二十二日發表於世界日報副刊

後記：聖誕紅乃短日照植物，大部分時間需在黑暗中渡過，即使路燈都會影響花芽分化，使苞葉無法變紅。

雞蛋花

那些乳白蛋黃的小風車
轉著歲月的輪子
隨菩提一起渡化眾生

眾生有苦　眾生有夢
是非悲喜生生滅滅
試圖接引不曾醒來的人獸

法喜一直繫在枝上
因月光

因日光
圓熟成蒴果後黑褐而健康
因四季輪迴　又霑雨露
因翅　再度下凡
幽揚的鐘聲中花飛花

那些潔白暈黃的小花片
隨著佛陀的吐吶吹入草坪
香氣惹笑了木魚
寺裡亂了節拍的梵唱
不好意思地悄悄噤聲

二〇一〇年三月三十一日作
二〇一〇年十月十六日發表於金門日報副刊

後記：雞蛋花，即緬梔花，花緣皎白，花心淡黃，五片花瓣輪疊迴旋排列而生。
佛教寺院定為五樹六花之一，故又名廟樹，為熱帶地區園景。

鬼針草

在落日之前　還有多少時間
可以抓住過往的鞋聲蹄痕

不同於百花百草的生存方式
它卑微的躲在路邊
等待每一個可以鉤附的剎那

都說它霸道　不請自來
卻不知它是華佗名藥
糾纏是為了繁殖——愛

請散佈愛　莫氣惱它的強行搭乘
當種子遺落人間
愛會開出黃蕊生生不息
你不就不花本錢日行一善了？

二〇一〇年四月十二日作
二〇一〇年十月十六日發表於金門日報副刊

後記：是著名的民間藥草，有消炎、清肝、解熱的效果，可治咽喉腫痛，吐瀉，消化不良，風濕關節痛，瘧疾，瘡癤，毒蛇咬傷，跌打損傷，感冒，牙痛。民間常會用它來煮青草茶，是夏季很好的涼茶材料。

芒花

也許只有它了解秋的寂寞

山徑旁搖成浪濤
在時間的深海裡白了頭
風梳直它的亂髮卻刮傷記憶
白天它佯裝瀟灑
夜裡縫著傷口
月光下執著一把把長刷子
將滿地影子掃進黑暗

有時它會奮力挺舉著筆刷
在時空的黑板上企圖留名
它不知榜上已經很擠很擠了
只能叼著秋葉腐爛

也許只有秋了解它的哀愁
以及那不為人知的點點墨跡

二〇一〇年四月十三日作
二〇一〇年九月二十六日發表於世界日報副刊

流蘇花

如許傷痛與憂煩　我在樹下徘徊
如同置身惡夢困在黑色大霧中
風咀嚼心中不為人知的裂痕
將它遞與眼前璀燦的白流蘇
白流蘇高舉著球球穗絮為我吶喊：
「加油加油　我勇敢的孩子！」

呵　白孔雀一樣地綻開萬丈光芒
照亮黑暗幽深的心隅
所有花瓣層層疊疊張開十字為我消災

我自夢中鑿洞而出淋著一身小碎花
起舞　在雪白的泡沫中迎向陽光
藍天底樹傘下開心地踢踢踏踏

二〇一〇年四月十三日作
二〇一〇年五月十二日發表於馬祖日報鄉土文學版

夜來香

有一種香因月光而生
讓飛蛾越晚越清醒
向北向西向南向東
動不動就深呼吸

我一路尾隨著那些飛蛾
呵　竟是這黃綠小花奪我心脾
朵朵都是小仙子又羞又澀
月光下張開毛孔祕密地
夜夜釋出精靈

夜夜施以招魂術懾著南風
要南風徐徐地為她送香千里

二〇一〇年四月十七日作
二〇一〇年六月十日發表於金門日報副刊

紫丁香

紫丁香開了
雨中愁眉不展幾世紀[1]
今天她終於笑了

她說她夢見和海一樣藍的愛情
浪潮疊疊　她迷失了她的方向
她的心室已經很久很久沒有血流了
如骨灰躺在火後的冰冷
而我將她移進移出不曾棄養
請她躺在陽光最溫暖的包廂

風調雨順的沃土上
今天她終於打開心結了

四月的花鼓已敲完前奏
該她拉開歌喉
報我以燦燦笑靨以及一屋子的
紫氣奔流

二〇一〇年四月二十日作
二〇一〇年六月十日發表於金門日報副刊

1：指自李商隱「芭蕉不展丁香結，同向春風各自愁」（〈代贈〉）、後唐李璟「青鳥不傳雲外信，丁香空結雨中愁」（〈浣溪沙〉），到戴望舒的〈雨巷〉，所賦予紫丁香的閨怨象徵。

木蘭花

木蘭花醒了
早春脫落一地毛殼
呵欠哈出粉紅大蕊
在知更鳥的采瞳裡靜坐如蓮
而我是她身旁鎖芽待爆的楓樹
一夜相思之後　張開嫩綠的掌
欲握她眉目傳情的波瀲

長空底她傍著四月陽光
羅裙微揚　含笑地趺坐

多願我是隻松鼠穿梭不去
花海裡迭迭盪盪地衝浪
順勢擦亮天空如鏡

我只能凝視　只能顫落細細黃蕊
以仰望之姿紛臥她足下
我只能望著她開到最美最大的時候
小聲的告訴她：我的心是妳的了
然後我們必須道別
晚春的雨季裡　她撒滿地花瓣
滋潤母樹完成一身蔥綠
並以裊裊回音穿透我
木蘭花減字木蘭花木蘭花慢
她照亮整部宋詞

她的足跡千里萬里
下載著每一個賞花人的夢

二〇一〇年五月八日作
二〇一〇年八月十一日發表於金門日報副刊

苦楝花

我仍然披著紫色的光望向海洋
只是忘了為何要這樣惦著藍藍
春天來到　我依然開著萬萬朵花
只是忘記為何一再失眠

我真的忘了花開的原因
持著我劃過鼻頭的祭司們或許知道
剝葉煮湯美白小姐們
煉成高效殺蟲劑證明我很討好
那是我存在的理由嗎

颳著風　葉子發出風笛的細音
某一段清冽纏綿似誰在呼喚
花瓣等不及了飄落殆盡
拾花的人卻一直都沒有出現

又是深秋我一樹黃金鈴子風中搖曳
搖出滿樹相思種子供情人繾綣
當整個世界都向頹廢傾斜
我執意尋找最初的浪漫

遠處灰色地帶閃過隕逝的星辰
它掉落哪裡去了我一直追問
冬日來到我黑褐槁素無華無葉
初戀的爪痕卻還印在樹身
我已經不復記得是誰刻的這麼深

只記得明年春天我還會紫霧綿結
靜待記憶暴漲的那一段夜色撩人

二〇一〇年五月十四日作
二〇一〇年七月二十六日修改
二〇一〇年九月七日發表於馬祖日報鄉土文學版

桃李爭春

蠢
蠢
欲
動
桃花抬起右手準備敲下她的鑼鼓
蠢
蠢
欲
動
李花伸長了左腿正等著鳴槍開跑
等待　即使是一秒鐘都夠折磨人了

春　萬物期待的春　正梳妝待發
他的子民彈跳枝頭　蠢蠢欲動

砰的一聲　頭也不回向前衝
粉紅桃花與霧白李花這才發覺
金黃的迎春花早已搶在前頭
迎春花的前頭還有那冰雪梅花
爭甚麼天下之先
於是她們嫣然一笑開遍萬重山

春　踩著桃花瓣　躍過李花
大踏步地典閱他的王國
春　乘著風　駕著雲
將鮮花分送到世上每一個角落
他讓每一朵花都可以追逐陽光
每一朵花都可以熱情地招待迎春的貴賓

人們在草地上野餐
父母帶著孩子追風箏
春　將愛將希望繡在百花的額前
春　拿著針　將受傷的時間縫補
春　放出鴿子飛向白雲
春　讓百花輪流接棒傳遞聖火

春天的奧林匹克運動會上
他頒獎給每一朵花
每一朵花都是一個宇宙
春天讓每一朵花都可以飲著聖杯
微笑地盛開又微笑地死去

二〇一〇年五月二十四日作
二〇一〇年六月二十六日發表於金門日報副刊

後記

有一段時間，我對花卉產生高度的興趣，不只是因為它的美，更是它千變萬化的形貌與生長密碼。它讓我更深刻地體驗世界是個萬花筒的形容，於是著手蒔花、養花、賞花。除此之外我經常閱讀植物圖鑑，試著做一些科學分析，不料卻總是停滯於前人賦予花卉的的美麗傳說中。那些傳說不乏淒美的愛情故事，那些花兒女總是那麼令人心疼，讓我不時地徘徊在花園裡，撥動著那些美麗的漣漪，因而有了這六十二首花作。花型、花性、花季直接刺激了我，給了我取之不盡的靈感，我為花作傳，花亦為我作傳，抒情、敘事、言志，天天樂此不疲。

常常問，花靈是與生俱來的，還是詩人多情善感所致？「感時花濺淚，恨別鳥驚心」，究是花濺淚在先，詩人感時在後？還是詩人感時在前，花才濺淚？這個答案，恐怕也只有多情善感者，才能體會一、二。花雖無大腦，卻是有生命，而有些花種生命力之旺盛，更是令人瞠目結舌。因此我們不能因為花無大腦，而否認它的靈性。常常我還會誤認它的根就是大腦所在呢！

無庸置疑的是，世界需要花來裝飾。有花才有四季，有花地球轉起來，世界才會噴香。花使單調的人生充滿綺麗，花使拘謹的人不自覺浪漫起來，世界各地的花展、花賽、花園……，就是在提醒人們要返璞歸真。

希望這不只是一本新詩，更是賞花之餘的伴酒小菜。願與天下愛花人共享！

最後，要感謝替我作序的林煥彰前輩。他的詩藝與平易可親，相信是許多晚輩傳頌不止的，能獲得他的指導，我也是充滿感動和感激的。

二〇一二年一月八日於加拿大安大略省烈治文山市

讀詩人13　PG0731

 藏花閣

作　　者	傅詩予
責任編輯	黃姣潔
圖文排版	邱瀞誼
封面設計	蔡瑋中

出版策劃	釀出版
製作發行	秀威資訊科技股份有限公司 114 台北市內湖區瑞光路76巷65號1樓 電話：+886-2-2796-3638　傳真：+886-2-2796-1377 服務信箱：service@showwe.com.tw http://www.showwe.com.tw
郵政劃撥	19563868　戶名：秀威資訊科技股份有限公司
展售門市	國家書店【松江門市】 104 台北市中山區松江路209號1樓 電話：+886-2-2518-0207　傳真：+886-2-2518-0778
網路訂購	秀威網路書店：http://www.bodbooks.com.tw 國家網路書店：http://www.govbooks.com.tw
法律顧問	毛國樑　律師
總 經 銷	聯合發行股份有限公司 231新北市新店區寶橋路235巷6弄6號4F 電話：+886-2-2917-8022　傳真：+886-2-2915-6275

出版日期	2012年3月　BOD一版
定　　價	200元

國家圖書館出版品預行編目

藏花閣 / 傅詩予著. -- 一版. -- 臺北市：釀出版, 2012.03

面；　公分. --（讀詩人；13）

BOD版

ISBN 978-986-5976-02-6（平裝）

851.486　　101002022

讀者回函卡

感謝您購買本書，為提升服務品質，請填妥以下資料，將讀者回函卡直接寄回或傳真本公司，收到您的寶貴意見後，我們會收藏記錄及檢討，謝謝！

如您需要了解本公司最新出版書目、購書優惠或企劃活動，歡迎您上網查詢或下載相關資料：http:// www.showwe.com.tw

您購買的書名：________________________

出生日期：________年________月________日

學歷：□高中（含）以下　□大專　□研究所（含）以上

職業：□製造業　□金融業　□資訊業　□軍警　□傳播業　□自由業

　　　□服務業　□公務員　□教職　□學生　□家管　□其它____

購書地點：□網路書店　□實體書店　□書展　□郵購　□贈閱　□其他

您從何得知本書的消息？

□網路書店　□實體書店　□網路搜尋　□電子報　□書訊　□雜誌

□傳播媒體　□親友推薦　□網站推薦　□部落格　□其他________

您對本書的評價：（請填代號　1.非常滿意　2.滿意　3.尚可　4.再改進）

封面設計____　版面編排____　內容____　文／譯筆____　價格____

讀完書後您覺得：

□很有收穫　□有收穫　□收穫不多　□沒收穫

對我們的建議：________________________

____

____

____

請貼
郵票

11466
台北市內湖區瑞光路 76 巷 65 號 1 樓
秀威資訊科技股份有限公司 收
BOD 數位出版事業部

....

（請沿線對折寄回，謝謝！）

姓　　名：＿＿＿＿＿＿＿＿　年齡：＿＿＿＿　性別：□女　□男

郵遞區號：□□□□□

地　　址：＿＿＿＿＿＿＿＿＿＿＿＿＿＿＿＿＿＿＿＿

聯絡電話：(日)＿＿＿＿＿＿＿＿＿(夜)＿＿＿＿＿＿＿＿＿

E-mail：＿＿＿＿＿＿＿＿＿＿＿＿＿＿＿＿＿＿＿＿